# Le Colonel Chabert

FichesdeLecture.com

## *LE COLONEL CHABERT* (FICHE DE LECTURE)   4

**I. INTRODUCTION**

**II. RÉSUMÉ DE L'ŒUVRE**

**III. PRÉSENTATION DES PERSONNAGES PRINCIPAUX**

*Le Colonel Chabert*

*Maître Derville*

*Rose Chapotel*

**IV. AXES DE LECTURE**

*Un tableau historique*

*Une scène de la vie parisienne*

*Intérêt philosophique*

## DANS LA MÊME COLLECTION EN NUMÉRIQUE   10

## À PROPOS DE LA COLLECTION   17

# *Le Colonel Chabert* (Fiche de Lecture)

## I. INTRODUCTION

*Le Colonel Chabert* est un roman écrit par Honoré de Balzac et publié sous sa forme définitive en 1844.

Ce roman est à la fois une tragédie moderne, un roman de la vie privée, une affaire judiciaire, une scène parisienne, une histoire militaire et une étude de femme. La multitude des sujets traités a embarrassé Balzac. Celui-ci a eu du mal à lui trouver une place adéquate dans son œuvre monumentale, *La Comédie humaine*. Pour finir, il le plaça dans les *Scènes de la vie privée*. Cette histoire est considérée aujourd'hui comme une des plus belles de Balzac. Elle a connu de plusieurs adaptations théâtrales et deux adaptations cinématographiques.

## II. RÉSUMÉ DE L'ŒUVRE

Hyacinthe Chabert est un enfant trouvé. Il a gagné ses galons de colonel dans la Garde Impériale en participant à l'expédition d'Égypte de Napoléon 1er. Il a épousé Rose Chapotel, une modeste roturière qu'il a installée dans un luxueux hôtel particulier.

Au cours de la bataille d'Eylau, en 1807, il est blessé et déclaré mort. Après de longs détours, il revient à Paris en 1817 pour découvrir que Rose s'est remariée à un homme avide de pouvoir, qu'elle a deux enfants de son nouveau mari, et qu'elle a liquidé tous les biens du colonel Chabert en minimisant sa succession.

Malgré le caractère invraisemblable de l'affaire du vieux « carrick » (surnom donné à Chabert par les clercs de l'étude), Maître Derville accepte de s'occuper du dossier. Chabert voudrait retrouver ses biens, son rang, et peut-être sa femme. Mais il voit tout de suite les obstacles à ce dernier souhait, et il se borne de demander compte de sa fortune disparue.

Après maintes démarches, Derville conseille au colonel Chabert de ne pas saisir la justice et d'accepter une transaction. Le vieil homme est à deux doigts d'accepter lorsqu'une machination grossière de Rose, qui a tenté de séduire son ex-mari par des câlineries, met en lumière la noirceur de ses intentions. Malgré le soutien de Maitre Derville, Chabert alors renonce à toute transaction déshonorante et disparaît pour se réfugier à l'hospice où il devient l'anonyme numéro 164, septième salle. Rencontrant, quelques années après, l'homme rendu méconnaissable par la misère, Derville s'écrie : « Quelle destinée ! Sorti de « l'hospice des enfants trouvés », il revient mourir à « l'hospice de la vieillesse », après avoir, dans l'intervalle, aidé Napoléon à conquérir l'Égypte et l'Europe. »

# III. PRÉSENTATION DES PERSONNAGES PRINCIPAUX

## Le Colonel Chabert

Hyacinthe Chabert est un enfant trouvé. Il a réussi à grimper les échelons de la hiérarchie militaire. Il participe à plusieurs expéditions militaires lancées par Napoléon Bonaparte.

Lors de la bataille d'Eylau, il est déclaré mort. En réalité enseveli sous une pile de cadavres, il arrive à se sortir de là et à rejoindre Paris. À son arrivée dans la capitale française, il découvre que sa femme a refait sa vie et a liquidé sa fortune. Il décide alors de tout faire pour récupérer ses droits. Mais il déchante lorsque son ancienne épouse tente de le séduire et décide finalement d'arrêter son combat. Il finit sa vie dans un hospice pour vieux, dans le dénuement et l'anonymat total.

## Maître Derville

Maître Derville est un avoué important dans *La Comédie humaine*. On le retrouve dans plusieurs romans (*Une ténébreuse affaire, Gobseck, Le Père Goriot, Splendeurs et misères des courtisanes...*). Dans *Le Colonel Chabert*,

Maître Derville accepte de défendre les intérêts du colonel. Étant également l'avoué de sa femme, Rose Chapotel, il tente de persuader Chabert d'éviter un procès et lui propose une transaction.

## Rose Chapotel

D'origine roturière, Rose Chapotel épouse le colonel Chabert. Celui-ci la dorlote énormément. Lorsqu'elle pense son époux mort, elle liquide sa fortune et se remarie avec le comte Ferraud. Elle a deux enfants du comte. Au retour de son premier époux, elle refuse de le reconnaître et de lui rendre ses droits. Pour tenter de le faire renoncer à ses intentions, Rose séduit le colonel.

# IV. AXES DE LECTURE

## Un tableau historique

Le roman montre les changements de la situation politique survenus en France de la Révolution à 1819. Ces changements expliquent le comportement des personnages.

Fils de la Révolution, homme sous l'Empire, Chabert s'est fait lui-même dans la France post-révolutionnaire, opérant sa mutation d'un univers de privilèges féodaux et aristocratiques fondés sur le nom vers un monde neuf, capitaliste et bourgeois dont l'argent sera bientôt l'unique valeur.

Les soldats de l'Empire qui ont accumulé des fortunes sont les anciens soldats de l'An II, et cela fait toucher une vérité historique : si le peuple français n'a pas continué la Révolution, c'est qu'il s'est enrichi grâce aux guerres qui ont été l'occasion d'une promotion fantastique pour des gens simples. Chabert a bâti son immense fortune sur les prises de guerre, il a pillé l'Europe comme tous les soldats. Même sa femme, il l'a achetée au Palais-Royal qui était fréquenté par des prostituées et il lui jette au visage, devant l'avoué : « Je l'ai gagnée dans une loterie, j'ai mis dix francs ! » Rose Chapotel était donc une prostituée. Elle est identifiée à l'aventurière qu'avait été Joséphine de Beauharnois. Cela jette une lumière tout à fait démystifiante sur la Révolution française : ce n'est pas seulement la prise de la Bastille, le serment du Jeu de paume, les héros de l'An II, le Code civil, l'organisation de la France, mais l'entrée de tout un peuple dans un système de rapine, de volonté d'enrichissement, grâce aux biens nationaux.

Sous l'Empire, une nouvelle aristocratie s'était constituée par le mérite, contre la naissance, et c'est ce que Chabert revendique quand il dit : « J'ai gagné une Légion d'honneur sur les champs de bataille. – Nom de Dieu, je suis un enfant trouvé, un enfant du peuple, mais je suis colonel. » Il a même été anobli par Napoléon et est devenu comte Chabert. Mais Balzac commet alors une erreur, car Chabert est mort en 1807 et la noblesse impériale n'a été instituée qu'en 1808.

Chabert est un de ces anciens soldats de la Grande Armée qu'on trouve souvent dans *"La comédie humaine"*. Bienheureux de sa vie de résignation, d'abnégation et de dévouement, il vit dans le souvenir admiratif de Napoléon qui a été pour lui « un père, un soleil ». Cette admiration, Balzac la partage et aurait voulu écrire un grand roman napoléonien.

Après la défaite de Napoléon à Waterloo, a eu lieu le retour de Louis XVIII et l'occupation de la France par des étrangers dont des Russes. La Restauration tenta de nier la Révolution et l'Empire (il s'agissait d'« anéantir les gens de l'Empire », de « fermer l'abîme des révolutions », Napoléon étant appelé « le monstre qui gouvernait la France »), d'où le malheur de Chabert qui survient pour rappeler ce passé. On rétablit la monarchie d'Ancien Régime, les droits féodaux et les privilèges de l'ancienne noblesse, mais on constata vite qu'on ne pouvait s'opposer au Nouveau monde bourgeois, que les mœurs avaient changé, que les valeurs étaient autres, que les intrigantes avaient changé de lits et que les preux d'hier étaient devenus des lépreux : à l'imitation des Anglais, la Restauration se donna des bases constitutionnelles (la Charte), mais instaura une Chambre des Pairs, la pairie étant cependant non élective et même héréditaire. C'est à cette fonction que le comte Ferraud, qui est déjà conseiller d'État, aspire. Mais il doit cependant constituer un majorat (bien inaliénable et indivisible attaché à la possession d'un titre de noblesse et transmis avec le titre au fils aîné) et regrette son mariage d'inclination qui bloque maintenant son ascension sociale. Un divorce lui permettrait d'envisager un remariage avec la fille d'un pair de France.

L'Histoire est de moins en moins présente ensuite pour laisser place aux relations des personnages.

## Une scène de la vie parisienne

Les deux visites de Derville installent les personnages aux deux extrémités de l'espace urbain. Chabert vit dans un quartier populaire, dans une masure qui est construite des « démolitions qui se font journellement dans Paris ». C'est celle du « nourriceur » Vergniaud qui est « un de ces endroits où se cuisinent les éléments du grand repas que Paris dévore chaque jour ». La comtesse, elle, le reçoit dans le salon de son hôtel du Faubourg Saint-Germain, c'est-à-dire dans le quartier où habite l'élite de la société aristocratique française.

## Intérêt philosophique

Balzac, qui était très manichéen à ses débuts, ne voulait guère que fustiger la cupidité des femmes. Mais c'est la marque des grandes œuvres que de proposer, à partir d'une histoire simple, des avenues que l'auteur n'a pas eu le temps de parcourir. Cette histoire de revenant, de héros, qui se heurte à la société, permet plusieurs réflexions, dont :

### *Une réflexion sur les rapports entre l'individu et la société*

S'il est nécessaire pour l'être humain de vivre en société, celle-ci se montre indifférente et même cruelle à son égard, l'oublie rapidement et bafoue les normes de la respectabilité. Elle se montre même hostile à celui qui a été victime d'un crime, qui revient et qui dit je suis là, je veux me venger. Comme, nécessairement, ce fantôme apporte le désordre, vient troubler l'ordre établi, la société tend à affirmer qu'il n'existe pas et elle peut avoir relativement bonne conscience puisqu'elle a la responsabilité de la gestion du quotidien.

Ce qui définit l'individu, c'est d'abord son identité. Cette revendication de l'identité est d'autant plus remarquable que Chabert est un héros. Mais le régime politique a changé et Rose Chapotel est montée dans l'autre train. On peut en déduire l'insignifiance de l'être humain, la cruauté de la vie.

### *Une réflexion sur les rapports entre hommes et femmes*

On assiste à l'éternelle guerre des sexes. Mais, ici, si on retrouve le thème traditionnel de l'injustice de la condition de la femme qui ne vit que dans l'ombre de son époux, on la voit aussi qui profite indûment du prestige et de la fortune qu'il peut avoir et qui, même, détruit l'image du mâle triomphant que le temps de guerre avait exaltée.

<u>*Une réflexion sur l'être et l'avoir*</u>

Le conflit entre la comtesse et Chabert est aussi celui entre l'être et l'avoir ; entre l'égoïsme du monde, incarné par la comtesse, et la sagesse du renoncement à l'avoir pour l'être (mieux vaut se retirer et tout lâcher, pour garder son identité, que de vivre à l'aise, mais travesti sous un masque) ; l'opposition entre ceux qui basent leur vie sur du matériel superflu et ceux pour qui ne compte que l'essentiel, c'est-à-dire les valeurs de renoncement que prône le colonel Chabert. Ne vaut-il pas mieux l'identité dans l'obscurité plutôt que le masque dans l'opulence, le renoncement plutôt que le matérialisme ?

On a même pu noter le paradoxe de la réussite dans l'échec, dans la défaite, dans le renoncement.

<u>*Une réflexion sur le temps*</u>

*Le colonel Chabert* nous montre un crime du temps, le retour du passé dans le présent, le heurt du passé et du présent, le retour du refoulé. Ceux qui sont restés, ceux qui ne se sont pas absentés, ne voient que par le miroir déformant du flux continuel de la vie.

# Dans la même collection en numérique


*Les Misérables*
*Le messager d'Athènes*
*Candide*
*L'Etranger*
*Rhinocéros*
*Antigone*
*Le père Goriot*
*La Peste*
*Balzac et la petite tailleuse chinoise*
*Le Roi Arthur*
*L'Avare*
*Pierre et Jean*
*L'Homme qui a séduit le soleil*
*Alcools*
*L'Affaire Caïus*
*La gloire de mon père*
*L'Ordinatueur*
*Le médecin malgré lui*
*La rivière à l'envers - Tomek*
*Le Journal d'Anne Frank*
*Le monde perdu*
*Le royaume de Kensuké*
*Un Sac De Billes*
*Baby-sitter blues*
*Le fantôme de maître Guillemin*
*Trois contes*
*Kamo, l'agence Babel*
*Le Garçon en pyjama rayé*
*Les Contemplations*

*Escadrille 80*

*Inconnu à cette adresse*

*La controverse de Valladolid*

*Les Vilains petits canards*

*Une partie de campagne*

*Cahier d'un retour au pays natal*

*Dora Bruder*

*L'Enfant et la rivière*

*Moderato Cantabile*

*Alice au pays des merveilles*

*Le faucon déniché*

*Une vie*

*Chronique des Indiens Guayaki*

*Je voudrais que quelqu'un m'attende quelque part*

*La nuit de Valognes*

*Œdipe*

*Disparition Programmée*

*Education européenne*

*L'auberge rouge*

*L'Illiade*

*Le voyage de Monsieur Perrichon*

*Lucrèce Borgia*

*Paul et Virginie*

*Ursule Mirouët*

*Discours sur les fondements de l'inégalité*

*L'adversaire*

*La petite Fadette*

*La prochaine fois*

*Le blé en herbe*

*Le Mystère de la Chambre Jaune*

*Les Hauts des Hurlevent*

*Les perses*

*Mondo et autres histoires*

*Vingt mille lieues sous les mers*

*99 francs*

*Arria Marcella*

*Chante Luna*

*Emile, ou de l'éducation*
*Histoires extraordinaires*
*L'homme invisible*
*La bibliothécaire*
*La cicatrice*
*La croix des pauvres*
*La fille du capitaine*
*Le Crime de l'Orient-Express*
*Le Faucon malté*
*Le hussard sur le toit*
*Le Livre dont vous êtes la victime*
*Les cinq écus de Bretagne*
*No pasarán, le jeu*
*Quand j'avais cinq ans je m'ai tué*
*Si tu veux être mon amie*
*Tristan et Iseult*
*Une bouteille dans la mer de Gaza*
*Cent ans de solitude*
*Contes à l'envers*
*Contes et nouvelles en vers*
*Dalva*
*Jean de Florette*
*L'homme qui voulait être heureux*
*L'île mystérieuse*
*La Dame aux camélias*
*La petite sirène*
*La planète des singes*
*La Religieuse*
*1984 A l'Ouest rien de nouveau*
*Aliocha*
*Andromaque*
*Au bonheur des dames*
*Bel ami*
*Bérénice*
*Caligula*
*Cannibale*
*Carmen*

*Chronique d'une mort annoncée*

*Contes des frères Grimm*

*Cyrano de Bergerac*

*Des souris et des hommes*

*Deux ans de vacances*

*Dom Juan*

*Electre*

*En attendant Godot*

*Enfance*

*Eugénie Grandet*

*Fahrenheit 451*

*Fin de partie*

*Frankenstein*

*Gargantua*

*Germinal*

*Hamlet*

*Horace*

*Huis Clos*

*Jacques le fataliste*

*Jane Eyre*

*Knock*

*L'homme qui rit*

*La Bête humaine*

*La Cantatrice Chauve*

*La chartreuse de Parme*

*La cousine Bette*

*La Curée*

*La Farce de Maitre Pathelin*

*La ferme des animaux*

*La guerre de Troie n'aura pas lieu*

*La leçon*

*La Machine Infernale*

*La métamorphose*

*La mort du roi Tsongor*

*La nuit des temps*

*La nuit du renard*

*La Parure*

*La peau de chagrin*

*La Petite Fille de Monsieur Linh*

*La Photo qui tue*

*La Plage d'Ostende*

*La princesse de Clèves*

*La promesse de l'aube*

*La Vénus d'Ille*

*La vie devant soi*

*L'alchimiste*

*L'Amant*

*L'Ami retrouvé*

*L'appel de la forêt*

*L'assassin habite au 21*

*L'assommoir*

*L'attentat*

*L'attrape-coeurs*

*Le Bal*

*Le Barbier de Séville*

*Le Bourgeois Gentilhomme*

*Le Capitaine Fracasse*

*Le chat noir*

*Le chien des Baskerville*

*Le Cid*

*Le Colonel Chabert*

*Le Comte de Monte-Cristo*

*Le dernier jour d'un condamné*

*Le diable au corps*

*Le Grand Meaulnes*

*Le Grand Troupeau*

*Le Horla*

*Le jeu de l'amour et du hasard*

*Le Joueur d'échecs*

*Le Lion*

*Le liseur*

*Le malade imaginaire*

*Le Mariage de Figaro*

*Le meilleur des mondes*

*Le Monde comme il va*

*Le Parfum*

*Le Passeur*

*Le Petit Prince*

*Le pianiste*

*Le Prince*

*Le Roman de la momie*

*Le Roman de Renart*

*Le Rouge et le Noir*

*Le Soleil des Scortas*

*Le Tartuffe*

*Le vieux qui lisait des romans d'amour*

*L'Ecole des Femmes*

*L'Ecume Des Jours*

*Les Bonnes*

*Les Caprices de Marianne*

*Les cerfs-volants de Kaboul*

*Les contes de la Bécasse*

*Les dix petits nègres*

*Les femmes savantes*

*Les fourberies de Scapin*

*Les Justes*

*Les Lettres Persanes*

*Les liaisons dangereuses*

*Les Métamorphoses*

*Les Mouches*

*Les Trois mousquetaires*

*L'étrange cas du Dr Jekyll et de Mr Hyde*

*L'Ile Au Trésor*

*L'île des esclaves*

*L'illusion comique*

*L'Ingénu*

*L'Odyssée*

*L'Ombre du vent*

*Lorenzaccio*

*Madame Bovary*

*Manon Lescaut*

*Micromégas*

*Mon ami Frédéric*

*Mon bel oranger*

*Nana*

*Ne tirez pas sur l'oiseau moqueur*

*Notre-Dame de Paris*

*Oliver twist*

*On ne badine pas avec l'amour*

*Oscar et la dame rose*

*Pantagruel*

*Le Misanthrope*

*Perceval ou le conte du Graal*

*Phèdre*

*Ravage*

*Roméo et Juliette*

*Ruy Blas*

*Sa Majesté des Mouches*

*Si c'est un homme*

*Stupeur et tremblements*

*Supplément au voyage de Bougainville*

*Tanguy*

*Thérèse Desqueyroux*

*Thérèse Raquin*

*Ubu Roi*

*Un Barrage contre le Pacifique*

*Un long dimanche de fiançailles*

*Un secret*

*Vendredi ou la vie sauvage*

*Vipère au poing*

*Voyage au bout de la nuit*

*Voyage au centre de la terre*

*Yvain ou le Chevalier au lion*

*Zadig*

# À propos de la collection

La série FichesdeLecture.com offre des contenus éducatifs aux étudiants et aux professeurs tels que : des résumés, des analyses littéraires, des questionnaires et des commentaires sur la littérature moderne et classique. Nos documents sont prévus comme des compléments à la lecture des oeuvres originales et aide les étudiants à comprendre la littérature.

Fondé en 2001, notre site FichesdeLectures.com s'est développé très rapidement et propose désormais plus de 2500 documents directement téléchargeables en ligne, devenant ainsi le premier site d'analyses littéraires en ligne de langue française.

FichesdeLecture est partenaire du Ministère de l'Education du Luxembourg depuis 2009.

Plus d'informations sur www.fichesdelecture.com

Notes :